AF567271

BATMAN
DIE DREI Joker

GEOFF JOHNS
Autor

JASON FABOK
Zeichner

BRAD ANDERSON
Farben

JOSEF ROTHER
Übersetzung

WALPROJECT
Lettering

JASON FABOK
Original-Cover

MARK DOYLE
AMEDEO TURTURRO
REDAKTION USA

BATMAN GESCHAFFEN VON
BOB KANE MIT **BILL FINGER**.

Im Andenken an meinen Großvater,
GEORGE WENIGER. Meinen Helden.
– Jason Fabok

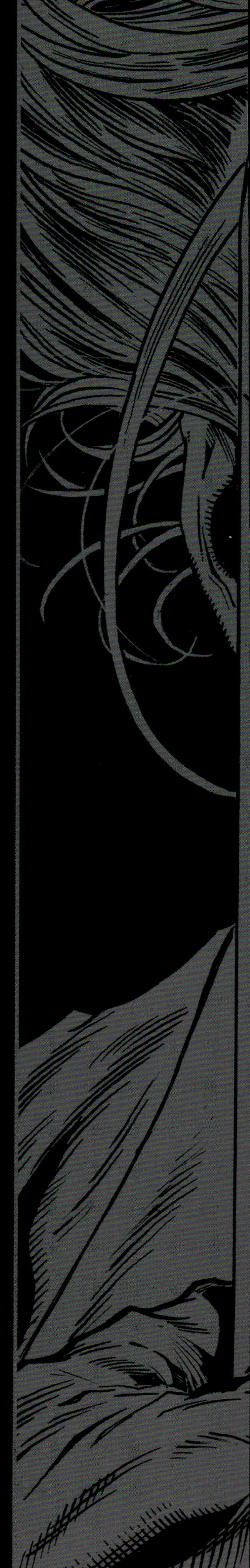

MEHR ALS NUR EIN CLOWN

Selbst wer kaum Berührungspunkte mit Comics hat, kennt wahrscheinlich **Batman** und seinen Erzfeind, den verrückten und skrupellosen **Joker**. Der **Clownprinz des Verbrechens** ist ein ebenso wichtiger Bestandteil von Batmans Mythologie wie die Gasse hinter dem Kino, in der **Thomas** und **Martha Wayne** von **Joe Chill** erschossen wurden, weshalb ihr Sohn **Bruce** der beste Detektiv und Verbrechensbekämpfer aller Zeiten wurde. Aber wer ist der irre Clown, der über die Jahre vom schrillen kriminellen Spaßvogel bis hin zum Massenmörder viele Inkarnationen durchlebt hat, was sich auch in seinem Aussehen widerspiegelte? 1988 lieferten Autor **Alan Moore** und Zeichner **Brian Bolland** in ihrem Comic-Meisterwerk BATMAN: KILLING JOKE eine mögliche Herkunftsgeschichte des Jokers, bei dem es sich um einen glücklosen Comedian gehandelt haben könnte, der in kriminelle Machenschaften verstrickt wurde; als vermeintlicher Anführer der **Red Hood Gang** trug er einen merkwürdigen Helm und stürzte aus Furcht vor Batman in einer Chemiefabrik in einen Bottich, dessen Inhalt ihn verwandelte – die Geburt des Jokers. Seither nutzten viele Kreative diese Hintergrundgeschichte als Interpretation, doch letztlich ist Batmans übelster Widersacher ein Mysterium und einer der wenigen Bösewichte, über die wir nichts mit Bestimmtheit wissen. Auch weil der Joker, der seine Opfer und manchmal sogar Fische gern mit seinem **Joker-Gift** zum krankhaften Grinsen zwingt, selbst schon mehrere Versionen seiner Legende zum Besten gab …

2016 nahm Batman in der JUSTICE LEAGUE-Serie von DCs obersten Kreativen und Bestsellerautor **Geoff Johns** im **Möbius-Stuhl** Platz und erfuhr auf die Frage nach der Identität seiner Nemesis, dass womöglich **drei Joker** gleichzeitig existieren. Als Johns ebenfalls 2016 die **Rebirth**-Ära initiierte, ließ er Bruce in der **Bat-Höhle** über das Rätsel der drei Joker brüten. Lange hat es gedauert, doch nun enthüllen Johns und Top-Zeichner **Jason Fabok** endlich die ganze Geschichte – und folgen dafür der Seitensprache von BATMAN: KILLING JOKE. Dabei gibt es Hinweise, dass diese von Fans und Gelegenheitslesern unabhängig zu genießende Miniserie trotz des **Black Label**-Logos und eines quicklebendigen **Alfred Pennyworth** als Bruces Butler, Freund und Gehilfe Teil des offiziellen Kanons sein wird. So oder so arbeiten **Harvey Bullock** und **Jim Gordon** von **Gothams** Polizei mit dem Fledermausritter zusammen. Doch auch Gordons Tochter **Barbara**, die ein Doppelleben als **Batgirl** führt, und Batmans ehemaliger Protegé **Jason Todd** sind mit von der Partie. Babs saß nach einer Attacke des Jokers in BATMAN: KILLING JOKE lange gelähmt im Rollstuhl, Jason wurde als **Robin** vom Killerclown im Klassiker BATMAN: EIN TODESFALL IN DER FAMILIE Ende desselben Jahres mit einem Brecheisen zusammengeschlagen und dann von einer Explosion getötet; erst später kehrte er dank der **Lazarusgruben** ins Leben und – ausgerechnet – unter dem Alias **Red Hood** als brutaler Antiheld zurück …

Viel Vergnügen mit dem sensationellen Auftakt zu einem der am meisten erwarteten Comics der letzten Jahre!

Christian Endres

BATMAN: DIE DREI JOKER erscheint bei **PANINI COMICS**, Schloßstraße 76, D-70176 Stuttgart. Druck: Lito Terrazzi Industria Grafica. Pressevertrieb: Stella Distribution GmbH, D-22297 Hamburg. Direkt-Abos auf **www.paninicomics.de**. Anzeigenverkauf: BLAUFEUER VERLAGSVERTRETUNGEN GmbH, info@blaufeuer.com. Es gilt die Anzeigenpreisliste Nr. 18 vom 01.10.2020. Geschäftsführer **Hermann Paul**, Publishing Director Europe **Marco M. Lupoi**, Finanzen **Felix Bauer**, Marketing Director **Holger Wiest**, Marketing **Thorsten Kleinheinz**, Vertrieb **Alexander Bubenheimer**, Logistik **Ronald Schäffer**, PR/Presse **Steffen Volkmer**, Publishing Manager **Lisa Pancaldi**, Redaktion **Tommaso Caretti**, **Christian Endres**, **Christian Grass**, **Aline Reinelt**, **Peter Thannisch**, **Daniela Uhlmann**, Übersetzung **Josef Rother**, Proofreading **Monja Reichert**, Lettering **Walproject** grafische Gestaltung **Rudy Remitti**, **Nicola Spano**, Art Director **Mario Corticelli**, Redaktion Panini Comics **Annalisa Califano**, **Beatrice Doti**, Prepress **Francesca Aiello**, **Andrea Bisi**, Repro/Packager **Alessandro Nalli** (coordinator), **Mario Da Rin Zanco**, **Valentina Esposito**, **Luca Ficarelli**, **Linda Leporati**. Cover von **Jason Fabok**, *Batman: Three Jokers* 1. Variant-Cover A von **Jason Fabok**, *Batman: Three Jokers* 1 Variant. Variant-Cover B von **Jason Fabok**, *Batman: Three Jokers* 1 Variant.

Digitale Ausgaben:
ISBN 978-3-7367-6998-4 (.pdf) / ISBN 978-3-7367-6999-1 (.epub) / ISBN 978-3-7367-7000-3 (.mobi)

Bibliografische Information der Deutschen Nationalbibliothek
Die Deutsche Nationalbibliothek verzeichnet diese Publikation in der Deutschen Nationalbibliografie; detaillierte bibliografische Daten sind im Internet über dnb.d-nb.de abrufbar.

THOMAS

DIE ZEIT HEILT ALLE WUNDEN ...
... WENN SIE DICH NICHT VORHER UMBRINGEN ...

LIBE

CLICK CLICK CLICK

8

MEINE ELTERN ...
ICH REPARIERE DIE GRABSTEINE, SOBALD *SIE* REPARIERT SIND, SIR.
8

WAS WAR ES DIESMAL?

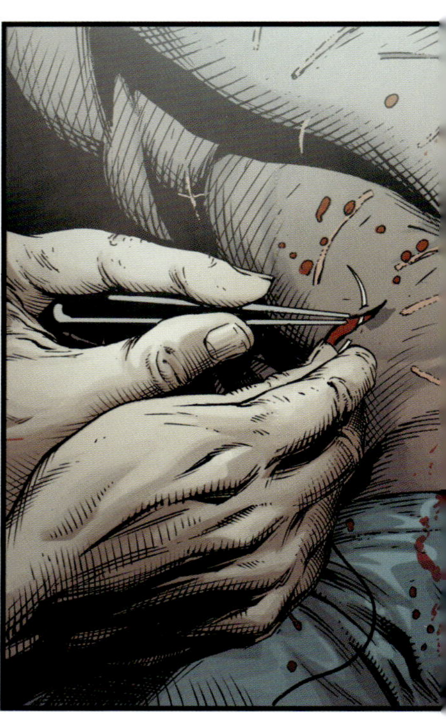

EIN REGEN-
SCHIRM.

KRAKT
FSSSS

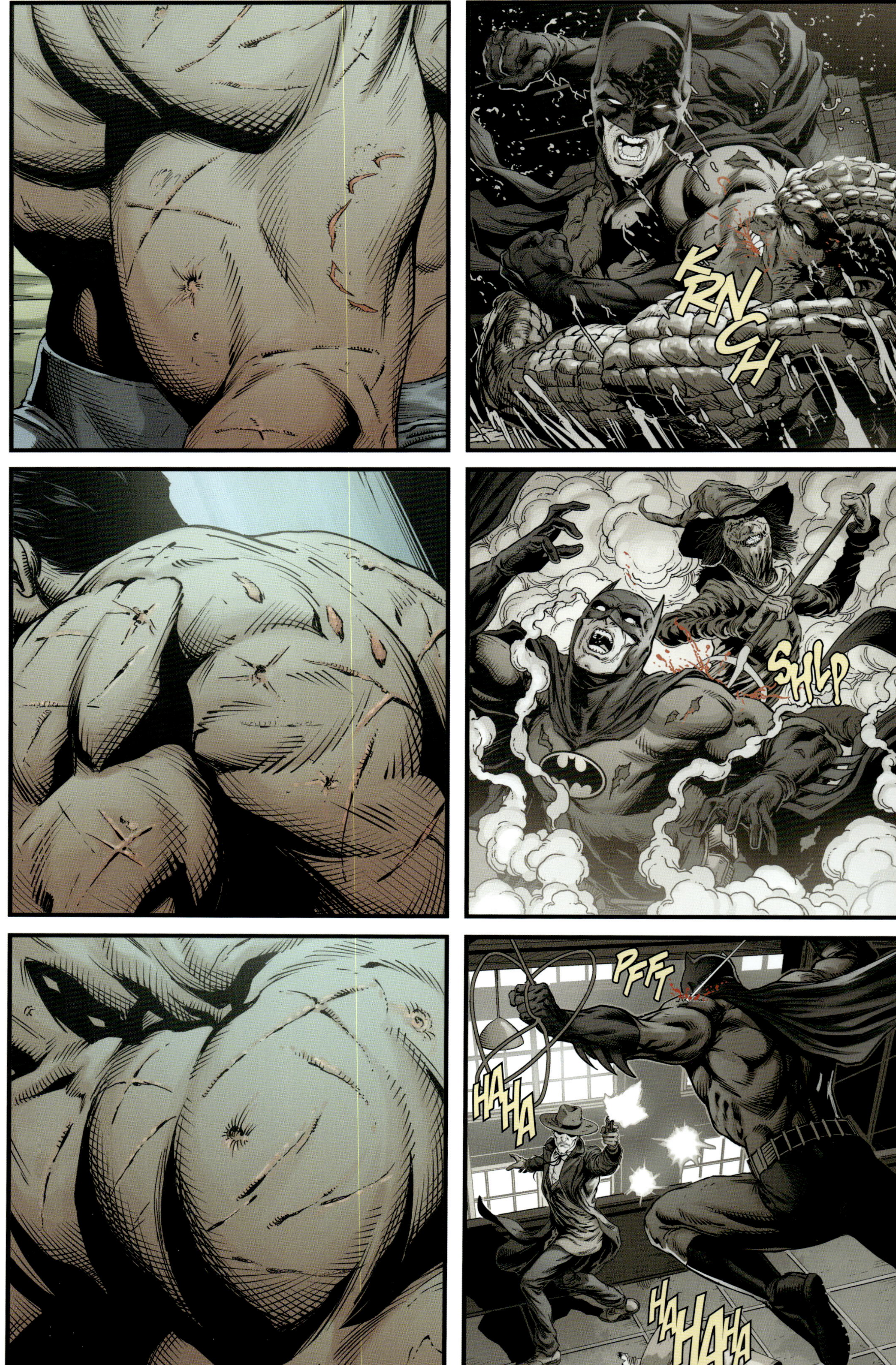
KRNCH
SHLP
PFFT
HAHA
HAHAHA

HAHAHA
HAHA
SSSSS

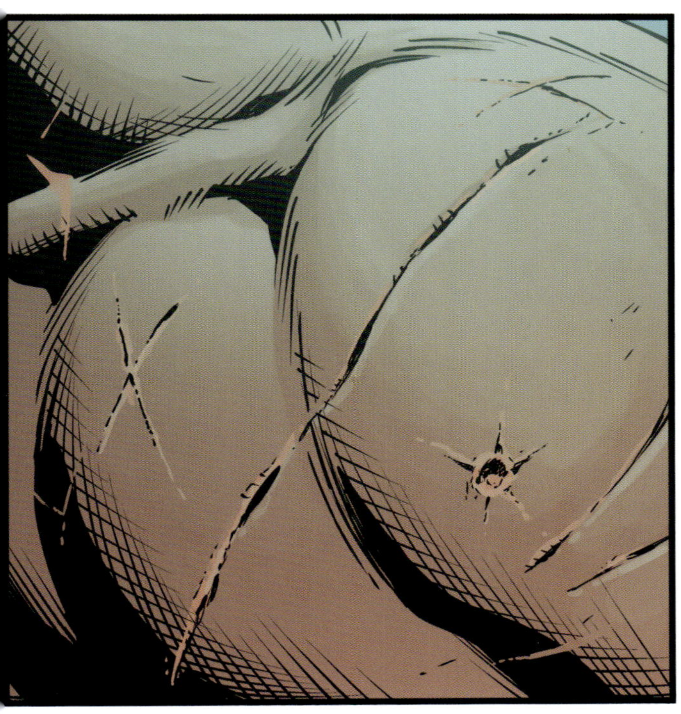

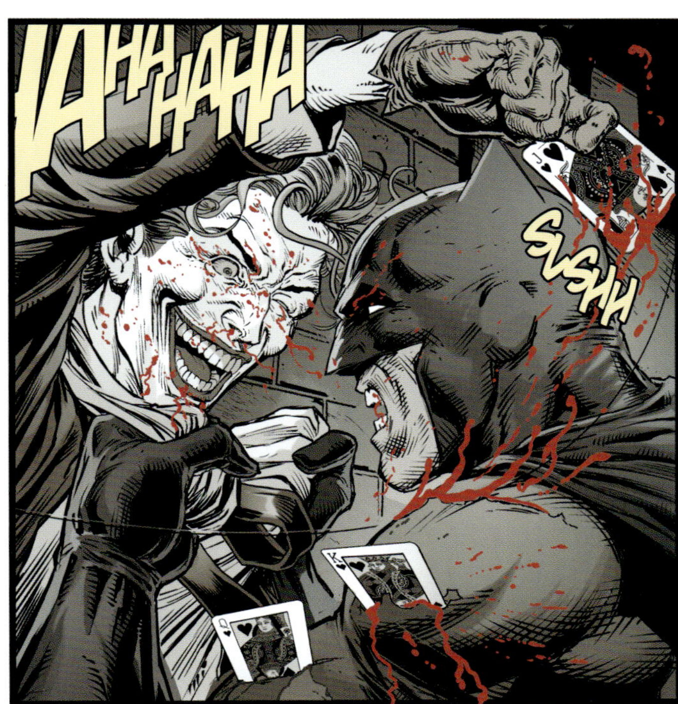
HAHAHAHA
SLISHH

POK
HAHAHAHAHA
HA
CLICK
CLICK

HAHAHAHAHAHAHAHA

HAHAHAHA

HAHA

HA

MONARCH THEATER
MARK OF ZORRO
THE MARK OF ZORRO
NOW PLAYING
„WARUM LACHST DU?"

DAS WAR DER BESTE FILM ALLER ZEITEN!

AHAHAHA
DER BESTE FILM ALLER ZEITEN? ICH WEISS NICHT, BRUCE.
OH, ICH FAND DEN MANN IN DER MASKE ZIEMLICH SCHNEIDIG, THOMAS.
DER HEISST ZORRO, MOM.
ICH WEISS. DAS IST DAS SPANISCHE WORT FÜR „FUCHS".

MR. UND MRS. WAYNE, BITTE ERLAUBEN SIE MIR, SIE NÄCHSTES MAL EINZULADEN.
DAS WISSEN WIR ZU SCHÄTZEN, STANLEY, ABER WIR SIND HIER, UM UNSER ÖRTLICHES KINO ZU UNTERSTÜTZEN.

DER WAGEN …?
DER SOLLTE IN DER NÄHE WARTEN.
ICH GLAUB, ICH SEH IHN DIE GASSE RUNTER!

HIER GEFÄLLT'S MIR NICHT …
KEINE SORGE, MOM! ICH BESCHÜTZ DICH!
GENAU WIE ZORRO!

H-HER MIT DER B-BRIEFTASCHE.
UND DEN P-PERLEN.

BITTE TUN SIE DAS NICHT. WIR KÖNNEN IHNEN HELFEN.
SENKEN SIE NUR DIE WAFFE …
BLEIB DA STEHEN!

DAD!

MOM!

„DIESE WUNDE IST TIEFER ALS DIE ANDEREN."

DIE HINTERLÄSST EINE WEITERE NARBE. NICHT, DASS SIE DAS BEMERKEN WÜRDEN.

MASTER BRUCE?
WIR SIND WIEDER ZURÜCK UND BITTEN SIE, ALLE JUNGEN ZUSCHAUER AUS DEM ZIMMER ZU SCHICKEN, WÄHREND WIR IHNEN DIESEN VERSTÖRENDEN BERICHT BRINGEN ...

DIE LETZTEN MITGLIEDER DER GESCHRUMPFTEN MOXON-FAMILIE WURDEN HEUTE NACHT IN LEW'S RESTAURANT IM STADTZENTRUM HINGERICHTET.
EIN AUGENZEUGE IDENTIFIZIERTE DEN KILLER ALS DEN JOKER, DER OFFENBAR SEINEN „CHAOTISCHEN" KRIEG GEGEN DAS SOGENANNTE „ORGANISIERTE" VERBRECHEN WEITERFÜHRT.

DIESER KRIEG TOBT BEREITS SEIT JAHRZEHNTEN. SEIT DER JOKER ZUM ERSTEN MAL AUF GOTHAMS BÜHNE TRAT.
DIE MOXON-FAMILIE MACHTE SICH EINEN BERÜCHTIGTEN NAMEN, ALS MAN IHR VORWARF, DIE ERMORDUNG VON THOMAS UND MARTHA WAYNE VERANLASST ZU HABEN. SIE WURDE ENTLASTET, ALS EIN KLEINKRIMINELLER NAMENS JOE CHILL GESTAND, ALLEIN GEHANDELT ZU HABEN.
DO NOT CROSS
POLICE LINE
CHILL SITZT EINE LEBENSLÄNGLICHE GEFÄNGNISSTRAFE IN BLACKGATE AB.

DER WAHRE NAME DES JOKERS BLEIBT WEITERHIN UNBEKANNT.
1) Der Kriminelle

BEEP BEEP BEEP
CALORIES DISTANCE SPEED INCLINE
438 4.2 12 4.0
AUSWAHL: HÖCHSTGESCHWINDIGKEIT.

FÜHLEN SIE EINEN UNKONTROLLIERBAREN DRANG, IHRE BEINE ZU BEWEGEN?

FÄLLT ES IHNEN SCHWER STILLZUSTEHEN? HABEN SIE SCHLAFPROBLEME?

ZWISCHEN ZWEIEINHALB UND FÜNFZEHN PROZENT ALLER AMERIKANER LEIDEN UNTER **RUHELOSEN BEINEN**!

ABER **TRAVODART** KONNTE DAS **RESTLESS-LEGS-SYNDROM** IN ÜBER **NEUNZIG** PROZENT ALLER TESTS BEHANDELN.
FÜR UNSICHERE NERVEN IN EINER UNSICHEREN WELT! RUFEN SIE NOCH HEUTE IHREN ARZT AN.
MÖGLICHENEBENWIRKUNGEN:MUSKELSCHMERZEN, ÜBELKEIT,MAGENKRÄMPFE, HAARAUSFALLUND/ODERGEDÄCHTNISSTÖRUNGEN.WENN SIEMEHRALSEINESTUNDELANG MUSKELKRÄMPFEERLEBEN, NEHMENSIESOFORTKONTAKT MITIHREMARZTAUF.

WIR KEHREN MIT EINER TRAGISCHEN NACHRICHT AUS GOTHAMS NOBEL-VORSTADT SOMERSET ZURÜCK ...

DIE BRUTALE ERMORDUNG DES KOMIKERS KELANI APAKA DURCH DEN JOKER WURDE HEUTE NACHT LIVE AUS DER VILLA DES OPFERS GESTREAMT.
APAKA WAR EIN ENTERTAINER, DER FÜR SEINE SCHRILLEN HEMDEN UND SCHRILLEREN WITZE BEKANNT WAR. ZU ANFANG SEINER KARRIERE TRAT ER ALS „FATMAN" IN EINEM ÜBERDIMENSIONALEN BATMAN-KOSTÜM AUF.

DER URSPRÜNGLICH AUS HONOLULU STAMMENDE APAKA WIRD VON KOMIKERN UND HAWAIIANERN IN ALLEN SOZIALEN MEDIEN BETRAUERT UND GEFEIERT.
EIN NUTZER SCHRIEB: „SEIN ANSTECKENDES LACHEN HAT SICH FÜR ALLE EWIGKEIT IN MEIN GEHIRN GEBRANNT."
K-TANGG

„ALOHA."
LOCKERS
SSSSS
VERDAMMT.
SIE HAT SCHON WIEDER EINE RUINIERT.

WAH ...
WAH ... WARUM ... TU ...
... TUST ... DU DAS ... ?

ES IST EIN BEWEIS.
AUF DAS BÖSE.

2) Der Komiker
„ICH SCHALT EUCH AUS!"

AARRRRHHH!

MANN, SEID IHR JOKER-SOLDATEN WEICH!
KEINE AHNUNG, WAS DAVON ZU HALTEN IST, LEUTE, ABER ... HEUT NACHT GAB ES EINE DRITTE JOKER-SICHTUNG!
ER HAT MEINE HAND GEBROCHEN!

SICHERHEITSKAMERAS HABEN DEN KÜRZLICH AUS ARKHAM ASYLUM GEFLÜCHTETEN BEI ACE CHEMICALS AUFGENOMMEN UND WIDERLEGEN DAMIT VORHERIGE AUGENZEUGENBERICHTE.

DIE POLIZEI HÄLT SICH MIT DETAILS ÜBER DIE EREIGNISSE IN DEM CHEMIEWERK ZURÜCK, ABER LAUT UNSEREN QUELLEN WURDEN LEICHEN GEFUNDEN.

DIESE NEUESTE JOKER-TERRORWELLE BEGANN ANFANG DER WOCHE, ALS AUTOR DR. ROGER HUNTOON IN EINER ABSTELLKAMMER VON ARKHAM GEFUNDEN WURDE-- MIT EINEM GUMMIHUHN IN DER LUFTRÖHRE!

DR. HUNTOON INTERVIEWTE ARKHAM-INSASSEN FÜR EINE FORTSETZUNG SEINES BESTSELLERS „POW!-PSYCHOLOGIE: VERSTEHEN SIE DIE SUPERMÄNNER UND SUPERFRAUEN".

DIE SCHRIFTEN DES KONTROVERSEN AUTORS KRITISIERTEN DIE KULTUR DER KOSTÜMIERTEN GEMEINDE.

IN SEINEM BUCH VERTRAT DR. HUNTOON DIE THESE, DASS MASKEN MÄNNER UND FRAUEN VON IHREM GEWISSEN TRENNEN UND IHNEN ERLAUBEN, STRAFLOS IHR DUNKLERES ICH ZU ENTFALTEN.

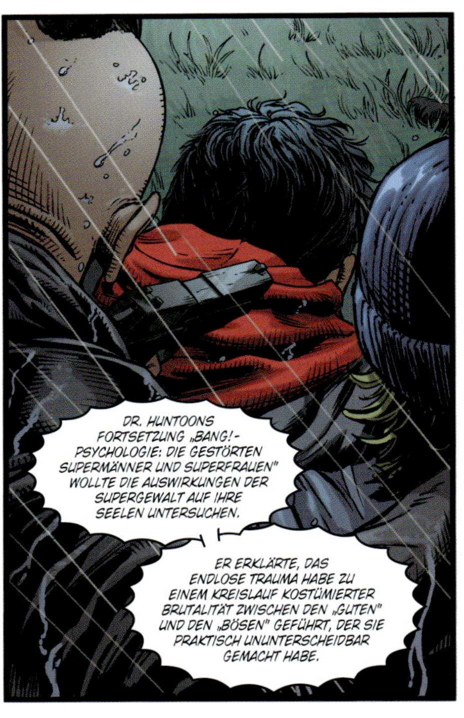
DR. HUNTOONS FORTSETZUNG „BANG!-PSYCHOLOGIE: DIE GESTÖRTEN SUPERMÄNNER UND SUPERFRAUEN" WOLLTE DIE AUSWIRKUNGEN DER SUPERGEWALT AUF IHRE SEELEN UNTERSUCHEN.
ER ERKLÄRTE, DAS ENDLOSE TRAUMA HABE ZU EINEM KREISLAUF KOSTÜMIERTER BRUTALITÄT ZWISCHEN DEN „GUTEN" UND DEN „BÖSEN" GEFÜHRT, DER SIE PRAKTISCH UNUNTERSCHEIDBAR GEMACHT HABE.

EINE THEORIE, DER ICH PERSÖNLICH NICHTS ABGEWINNEN KANN.
ICH MEIN, HIER IN GOTHAM WISSEN WIR, WER GUT IST UND WER BÖSE.
KEIN HELM MEHR.

„KNACKEN WIR SEINEN SCHÄDEL."

„SEINEN SCHÄDEL KNACKEN?"

DEM JAG ICH EINFACH 'NE KUGEL REIN!

GGT!

MAHNE NAHSE!
AHH!

AA--

WO IST DER JOKER?

K-KEINE A-AHNUNG.

YAAAAHH!
KRATCH

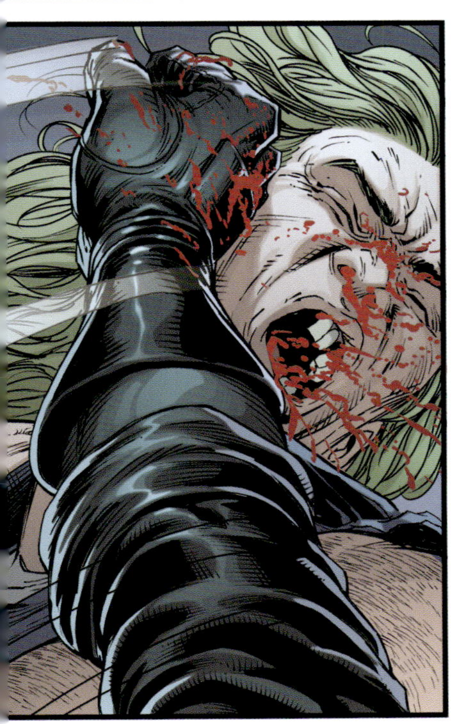

DACHT ICH MIR, DASS IHR SCHWEINE NICHTS WISST.
ABER ICH MUSSTE MIR DIE FÜSSE VERTRETEN.
HEH.

3) Der Clown
REST IN
PEACE

VER-
DAMMT.

WAS ZUM TEUFEL GEHT HIER VOR, JIMBO?
DER JOKER HAT UNMÖGLICH DIE MOXON-FAMILIE AUSGESCHALTET, DEN KOMIKER IN SOMERSET GEKILLT UND ZUR SELBEN ZEIT DIESE ARMEN SCHWEINE HIER VERGIFTET.
DER KANN DOCH NICHT AN DREI ORTEN ZUGLEICH SEIN.
ER ARBEITET OFFENSICHTLICH MIT ZWEI SCHAUSPIELERN, BULLOCK.

WENN IHR MICH FRAGT, LEUTE-- DIE MOXONS AUSZUSCHALTEN, DAS STEHT SCHON SEIT URZEITEN AUF DER JOKER-CHECKLISTE. DER CLOWN HASST KRIMINELLE CLANS GENAUSO SEHR WIE UNS.
UND ES GAB EINEN AUGENZEUGEN.
ABER WAS HAT DIESER AUGENZEUGE GESEHEN? JEDER KANN SICH 'NE GRÜNE PERÜCKE AUFZIEHEN UND SEINE VISAGE WEISS ANMALEN. SO IST DER JOKER EIN HALBES DUTZEND MAL AUS ARKHAM ENTWISCHT.
ABER 'NEM KOMIKER IM LIVESTREAM DIE ZUNGE MIT 'NEM KÜCHENMESSER RAUSSCHNEIDEN?
DAS IST REINER JOKER.
ICH WETTE HUNDERT DOLLAR, DASS IHR BEIDE UNRECHT HABT.
DER EINZIG WAHRE JOKER WAR HEUTE NACHT HIER! DIESER IRRE FÜHRT UNS ZURÜCK IN DIE GIFTKÜCHE, IN DER ER SEINEN VERSTAND ZURÜCKGELASSEN HAT.
MANN, DIESE ARMEN SCHWEINE SIND DIE GENAUEN EBENBILDER VON RED HOOD UND SEINEN PARTNERN.
ICH MEIN, SEHT EUCH DOCH DIE FRESSEN AN.

DREI TATORTE. DREI JOKER.
WAS HAT DAS ZU BEDEUTEN?

BATMAN ...

HOFFENTLICH KANNST DU ETWAS LICHT IN DIESEN IRRSINN BRINGEN.

JA, BATS. HIER LAUFEN WETTEN, WELCHES VERBRECHEN DER ECHTE JOKER BEGANGEN HAT.
HAT ER DIE MOXONS GEKILLT?

ODER „FATMAN"?

ODER DIE DREI HIER? WAS DENKST DU, HM?
HABEN DIESE MÄNNER HIER GE-ARBEITET?
WIR HABEN DAS GESAMTE PERSONAL ÜBERPRÜFT. NIEMAND FEHLT. DIESE LEUTE HAT DER JOKER VON DRAUS-SEN HIERHER-GESCHAFFT.
HM.
WER SIND DIE, BATMAN?

IHRE FINGERABDRÜCKE WURDEN VON DEN GLEICHEN CHEMIKALIEN WEGGEBRANNT, DIE AUCH IHRE HAUT GEBLEICHT HABEN.

UND DIE AUSSERDEM JEDEN DNS-TEST RUINIEREN WÜRDEN.

DER NERVENSCHADEN AN DER GESICHTS-MUSKULATUR HAT IHNEN MIT DEM GRINSEN DIE KIEFER GEBROCHEN ... UND EINEN VERGLEICH MIT ZAHNÄRZTLICHEN UNTERLAGEN SINNLOS GEMACHT ...
SIE SIND WIE DER JOKER-- NICHT ZU IDENTIFIZIEREN!

ALSO WAS JETZT, BATS?
JA ...
DAS KÖNNTE GUT SEIN.
WAS? WAS KÖNNTE SEIN?
DAS WAREN WAHRSCHEIN-LICH OBDACH-LOSE.
HÄH?

MIT WEM REDET DER DA, JIMBO?
DREI MÄNNER. DIE DIE DREI MÄNNER REPRÄSENTIEREN SOLLEN, DIE IN JENER NACHT HIER WAREN. ER LEGT UNS EINE SPUR ... ODER VERSUCHT UNS ABZULENKEN ...

JEP. ICH GLAUB, JETZT DREHT AUCH BATMAN AM RAD.
WIR SOLLEN SIE SEHEN ...

... UND NICHT
DEN GESTOHLE-
NEN LASTER.

ÄH, MIT WEM
REDEST DU DA?

ER
REDET MIT **MIR**,
COMMISSIONER.

HIER IST ER
GESTÜRZT, NICHT
WAHR?

HIER
WURDE DER
JOKER **GE-
BOREN**.

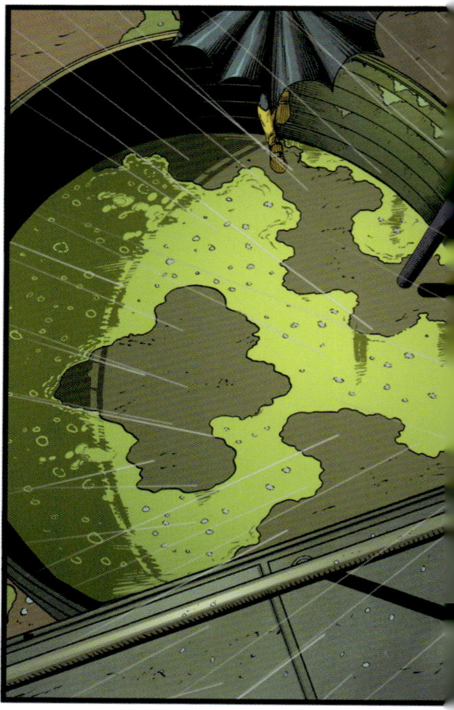

DIE HÄLFTE DER SICHERHEITSKAMERAS IST AUS. ABER DIE, DIE AN SIND ...
... IN DIE HAT DER JOKER ALLE GEBLICKT ...

WAS WILLST DU DAMIT SAGEN, BATGIRL?
DASS DER FREAK GE-FILMT WERDEN WOLLTE?

DARUM HAT DER JOKER BEI DEN MOXON-MORDEN EINEN AUGENZEUGEN AM LEBEN GELASSEN. DARUM HAT ER DIE ERMORDUNG VON KELANI APAKA GESTREAMT.
DER JOKER WOLLTE GESEHEN WERDEN-- DREIMAL!

UND ZUSÄTZLICH ZU DIESEM RÄTSEL HABEN WIR EINEN LEEREN KESSEL, DER GOTT WEISS WAS ENTHIELT ...

"... UND EINEN FEHLEN-DEN TANKLASTER ..."

ICH LASS ALL MEINE LEUTE NACH DEM LASTER SUCHEN, BATGIRL.
WAS IST MIT DEN ANDEREN TATORTEN? WENN DER ECHTE JOKER HIER WAR, WER WAREN DANN DIE ANDEREN?
DAS WISSEN WIR NOCH NICHT.
BULLOCKS WETTE WIRD WARTEN MÜSSEN, BIS UNSERE UNTERSUCHUNG ABGESCHLOSSEN IST.

DANN BE-EILT EUCH! ICH BRAUCH DAS GELD!
IN DEN COMPUTERN VON ACE CHEMICALS WAR NICHTS ÜBER DEN INHALT DIESER KESSEL ZU FINDEN. HABEN DIE AUCH AKTEN ...?

DOKUMENTE GEHÖREN NICHT ZU DEN PRIORITÄTEN DIESER FIRMA.
WENN ICH DIE LEICHEN BETRACHTE, WÜRDE ICH SAGEN, DIE WURDEN IN DEM KESSEL GETÖTET, BEVOR ER GELEERT WURDE.
MIT EINER ÄHNLICHEN MISCHUNG WIE DER, DIE DEN JOKER GESCHAFFEN HAT.
WAS KÖNNTE DER JOKER DAMIT WOLLEN?
EINE MENGE LEUTE TÖTEN, DENKE ICH. WIR MÜSSEN IHN FINDEN.

HI! HA! HUU!

HEH-HEH-
HELFT MIR!
MEIN GOTT! EINER VON DENEN LEBT NOCH!

HEH-HA HA HA HA HA!

HEE HOO HEE HOO!

HEE HOO HEE HOO!

HEY! SIE DA HINTEN!
DER MUSS GESICHERT WERDEN.
SIE KÖNNEN DIE TÜREN SCHLIESSEN. ICH HAB IHN.
HA HA HA HEE!

HA!

AUF DEM WEG ZUM TATORT DES KOMIKERS ESKORTIER ICH DIE LEUTE ZUM KRANKENHAUS.
WIR TREFFEN DICH DORT.
BATGIRL?
FÄHRST DU MIT UNS?

ICH HAB SCHON WAS.

„DU MUSST DAS NICHT MACHEN, BARBARA."

GLAUBST DU, ICH LASS DICH MIT DIESEM IRREN ALLEIN?
DER JOKER UND SEINE DOUBLES HABEN HEUTE NACHT VIELE MENSCHEN GETÖTET.
ICH LASS NICHT ZU, DASS DAS NOCH MEHR WERDEN.

HAHAHAHAHAHA!

ICH MUSSTE ES ANBIETEN.
ALS WIR WEGFUHREN, HAT MIR DEIN VATER EINEN MISSBILLIGENDEN BLICK ZUGEWORFEN.

WEISS ER, DASS DU BATGIRL BIST?

NATÜRLICH NICHT.
DIESE MORDE VERSTÖREN IHN EBENSO SEHR WIE UNS, BRUCE.
WANN IMMER DER JOKER MIT DRINSTECKT, BEREITEN WIR UNS AUF DAS SCHLIMMSTE VOR-- WEIL WIR DAS SCHLIMMSTE DURCHGEMACHT HABEN. WAS FÜR EINEN BLICK ERWARTEST DU?

HAHAHAHAHAHA!

HA UH... HA!
WA-HA WAS MACHST DU DA-HA?
KLIK

KKT!

HAHAHAHAHAHA!

DU ERZÄHLST MIR JETZT ALLES, WAS DU GEHÖRT HAST-- ODER ICH FINDE EINEN WEG, DEIN GELÄCHTER ZU BEENDEN!
WAS HAT DER JOKER GESAGT, BEVOR ER DIR DEN ARSCH GEBLEICHT HAT?

WAS ZUM TEUFEL?

WAS GEHT
DADRIN VOR?

HAHAHAHAHA!
KEINE
AHNUNG.
DU HÄLTST
DEN KRANKEN-
WAGEN IRGEND-
WIE AN.

AUTOPILOT
AKTIVIERT.
ICH GEH
REIN.

HAHAHAHAHA!

SHUNK

HAHAHAAAAHH

WAS ZUM TEUFEL TUST DU DA?
ICH BESORG MIR INFORMATION.
INDEM DU OPFER ANGREIFST? DIESER MANN WURDE VOM JOKER VERGIFTET.
WENN DU SEINEN PULS NOCH HÖHER TREIBST, KRIEGT ER EINEN HERZSCHLAG!
LASS IHN LOS!
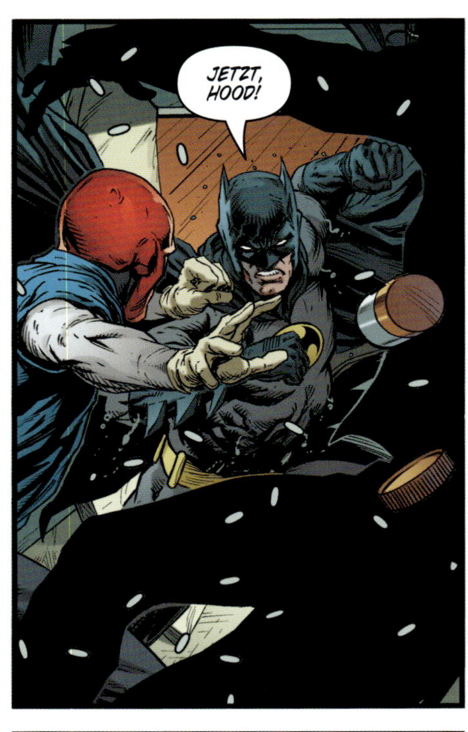
JETZT, HOOD!

VROOOM
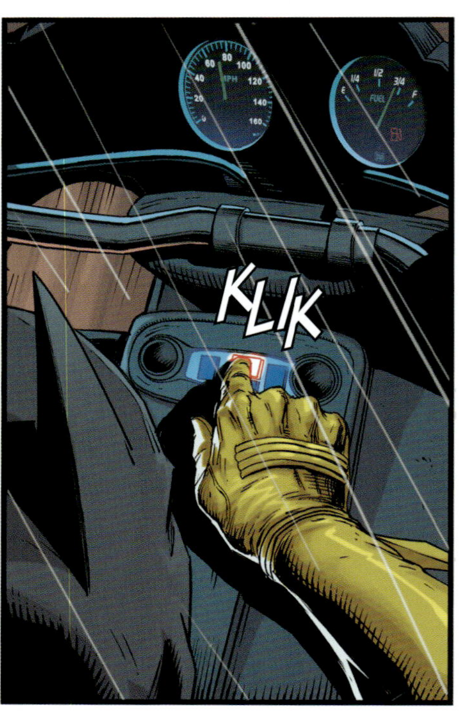
KLIK

VRRRRR

POPP

EEEEEE
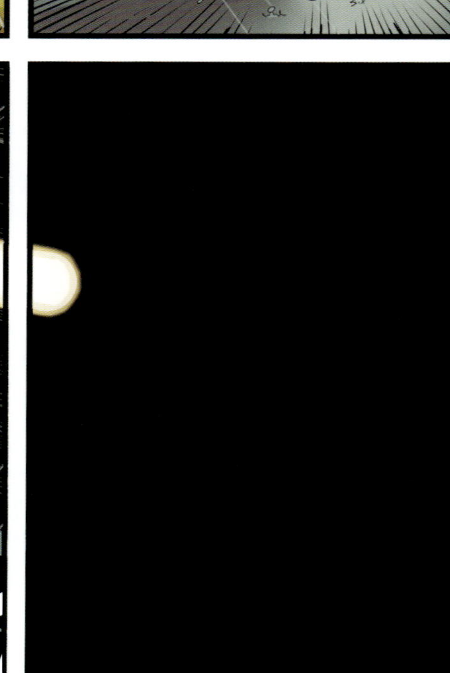

CHEE

HOO HEE HA HA
ACE
CHEMICAL

BDUMP

SSSSS

HUU.

AHUU
AHUU *HA HA HA.*

WAS FÜR EIN LEBEN.

NOK NOK NOK NOK NOK
NOK NOK

ICH HAB WAS **ÜBERFAHRENES** ZUM **GRILLEN** DABEI ...

„UND IN **DEM** ZUSAMMENHANG-- BRAUCHST DU EIN FAHRRAD?"
DU KENNST DEN SCHON.
ICH HAB DEN **GESCHRIEBEN**.

IHR KOMIKER. HEIMST IMMER DEN GANZEN RUHM FÜR DIE ARBEIT VON ALLEN ANDEREN EIN.
LARGE MARGE TRUCKING
DAS IST ÜBRIGENS **MEIN** HEMD.

DEIN HEMD?

WER HEIMST **JETZT** DEN RUHM FÜR DIE VERBRECHEN ANDERER EIN?
MEINE BISHER **GRÖSSTE** WAHNSINNSTAT, ABER NICHTS IM VERGLEICH ZU DEM, WAS ALS NÄCHSTES KOMMT ... TRITT EIN, UND HÖR DIR AN, WAS DER BOSS AUSGEBRÜTET HAT.
DER **DENKT**, ER IST DER BOSS.
TJA, **EINER** VON UNS MUSS ES SEIN.

HAHAHAHAHAHAHA!
AHEEHOO HOO HAHEE!
„ES GIBT NUR EINEN WEG, DAS LACHEN ZU STOPPEN ..."

... UND DAS IST EIN GEGENMITTEL, DAS DIE TOXINE NEUTRALISIERT.
HA HEEHOO HOO!

ICH VERABREICHE IHM EINE ZWEITE DOSIS, UM SEINE HERZFREQUENZ RUNTERZUFAHREN.
HEE HEE HEE HEEHEE!

HA HI! HUU ...
DANKE.
ES TUT MIR LEID, WAS PASSIERT IST.
UND ER KOMMT SICHER WIEDER IN ORDNUNG?
SOLANGE ER RUHIG BLEIBT.

WAS HAST DU DIR DABEI GEDACHT?
DASS ICH DEN JOKER FINDEN SOLLTE, BEVOR ER NOCH WEITERE MENSCHEN TÖTET.

INDEM DU EINS SEINER OPFER VERHÖRST?!
OPFER?

LAUT MEINEN INFORMATIONEN STAMMTEN DIE MÄNNER, DIE DER JOKER BEI ACE VERGIFTET HAT, AUS EINEM RESOZIALISIERUNGSPROJEKT.
DEIN „OPFER" HIER? DAS HAT EIN IRRES VORSTRAFENREGISTER! DAS HAT SEIN EIGENES KIND MISSHANDELT!
DEN KERL HÄTTE ICH AUS DEM WAGEN WERFEN SOLLEN!
JASON?

WENN DU MIR JETZT AUCH VORTRÄGE HÄLTST ...
DU WARST DEM JOKER SCHON AUF DER SPUR, BEVOR ER BEI ACE EINBRACH.
ICH BIN IHM AUF DER SPUR, SEIT ER DIESE WOCHE AUS ARKHAM AUSBRACH.

GENAU WIE BARBARA UND ICH.
UND DIE MEHRFACHEN SICHTUNGEN HEUTE NACHT BESTÄTIGEN, WAS WIR BEIDE SCHON SEIT SEINER FLUCHT GLAUBEN.

„ER ARBEITET NICHT ALLEIN ... UND WIR SOLLTEN DAS AUCH NICHT ..."
WIR HABEN DIE CHEMIKALIEN.
UND WIR HATTEN ETWAS SPASS.
WAS JETZT?
WAS WIR JETZT MACHEN?

DAS, WAS WIR IMMER TUN.
WIR SCHAFFEN EINEN BESSE-REN JOKER.

EINER VON EUCH BAUT DIE „FABRIK“ AUF, WÄHREND MIR DER ANDERE BEI UNSEREM CASTING HILFT.
WIR MÜSSEN DEM JOKER MEHR BEDEUTUNG VERLEIHEN.
DU NIMMST DAS ALLES ZU ERNST, MEIN FREUND ... ABER ICH BIN DAFÜR, DASS WIR DAS AUSPROBIEREN.
UND THEATRALIK IST MEINE SPEZIALITÄT!
WÄHREND ICH EIN AUGE FÜR TALENT BESITZE.
SPRACH DER GESCHEITERTE KOMIKER.
KOPF ODER ZAHL?
LIBERTY
KOPF!
ICH GEWINNE!
DU KOMMST MIR MIR ...

„... UND DU LÄSST DAS WASSER EIN."
GOTHAM AQUARIUM

„DER LADEN IST WEGEN REPARATUREN GESCHLOSSEN, SEIT DAS HAUPTROHR VOR ZWEI TAGEN GEBROCHEN IST.
GOTHAM AQUARIUM

„EINER DER JOKER-SOLDATEN HATTE EINEN SCHRAUBENSCHLÜSSEL MIT SPUREN VON SAUBEREM MEERWASSER-- DAS KONNTE UNMÖGLICH AUS DEM HAFEN STAMMEN.
„ES WAR NICHT SCHWER, ES MIT DEM AQUARIUM IN VERBINDUNG ZU BRINGEN UND ZU FOLGERN, DASS DIESER KERL FÜR DIE DORTIGEN PROBLEME VERANTWORTLICH WAR."

GUTE ARBEIT, JASON.
ABER DAS HÄTTEST DU ALLES SOFORT MIT MIR TEILEN SOLLEN. WIR HÄTTEN LEBEN RETTEN KÖNNEN.
DU BIST DER, DER IMMER SAGT, ER KNÖPFT SICH DEN JOKER ALLEINE VOR.
DAS WAR, BEVOR ES MEHR ALS EINEN VON DER SORTE GAB.

HEY, WANN BRINGST DU ENDLICH DIE SITZE IN ORDNUNG?
IN JEDEM BATMOBIL, IN DEM ICH JE GEGESSEN HAB, WAR DER BEIFAHRERSITZ ZU KLEIN.
IST IRGENDWIE SO, ALS WOLLTEST DU NICHT, DASS HIER EINER SITZT.

JETZT PROJIZIERST DU, JASON.

MEIN VATER WAR IMMER MIT MIR HIER.
ICH WAR DA NOCH NIE DRIN.
WAS IST MIT DIR, BRUCE?
MEINE ELTERN HABEN ES GEBAUT.

WAS DIESE DREI JOKER ANGEHT ... IHR SEHT DOCH BEIDE, WAS HIER WIRKLICH VOR SICH GEHT, NICHT?

WIE OFT HAT DIESER TYP LEUTE IN DEN GRINSENDEN IRRSINN GETRIEBEN? DAS IST HIER NICHTS ANDERES.
DU REDEST VON MÄNNERN UND FRAUEN, DENEN EIN BÖSARTIGES GIFT VERABREICHT WURDE UND DIE DARAUFHIN DIE KONTROLLE ÜBER SICH VERLOREN HABEN.
AUFGRUND DER BISHERIGEN INDIZIEN HATTEN DIE DREI JOKER HEUTE NACHT SICH **VOLLKOMMEN** UNTER KONTROLLE. SIE SCHEINEN **MOTIVE** ZU HABEN, AUCH WENN SIE NOCH NICHT KLAR SIND.

MIR IST NUR EINS KLAR-- DASS DEINE NEUE ***BAT-LEUCHTE*** HIER JEDEN AUF UNS AUFMERKSAM MACHEN WIRD!

GEHT NICHT VON DER FEHLANNAHME AUS, UNSER AKTUELLES PROBLEM SEI WIE IRGENDETWAS, DAS WIR BEREITS KENNEN.

OKAY.
DAS IST NEU.
JETZT WISSEN WIR, **WO** DIE CHEMIKALIEN LAGERN, ABER IST DAS UNSER **WARUM**?
UM HAIE ZUM GRINSEN ZU BRINGEN?

MEIN HELM MELDET MEHRERE **SICHERHEITSTÜREN**, DIE SICH GLEICHZEITIG ÖFFNEN.
ICH GLAUB, WIR KRIEGEN GLEICH GESELLSCHAFT.

SIE SIND HIER.
JA, SIND WIR!

ES IST VIEL ZU LANGE HER, BATMAN. WIE HAB ICH MICH AUF DIESES WIEDERSEHEN GEFREUT, SEIT DER JOKER MICH AUS DEM RUHESTAND ZURÜCKGEHOLT HAT.
WER ZUM TEUFEL IST DAS?
GAGGY.
DER JOKER NANNTE IHN MAL SEINEN HOFNARREN.
WAS IST SEINE SUPERKRAFT? DASS ALLE ÜBER IHN STOLPERN?
BIFF!
POW!
KLONK!

HAHAHAHAHAHA!
PACKT SIE! ABER RED HOOD GEHÖRT MIR!

AAAH!
GGGT!

SEHT EUCH AN, WIE DIE LOSLEGEN!

NICHT GERADE SPITZEN-KRÄFTE.

OHNE IHRE KNARREN SIND DIE *NICHTS*.

TINK
TINK
TINK
TINK
TINK

KRRRINKKSH

POW! BAM! BIFF!
HÜBSCHE NAMENS-SCHILDER.
HII HII!

UND AUF *DEIN* SCHILD SCHREIBEN WIR *„BUZZ"*!
AKNNN!

DER JOKER SAGT, DU WIRST DARUM **BETTELN**, DASS ICH AUFHÖR.
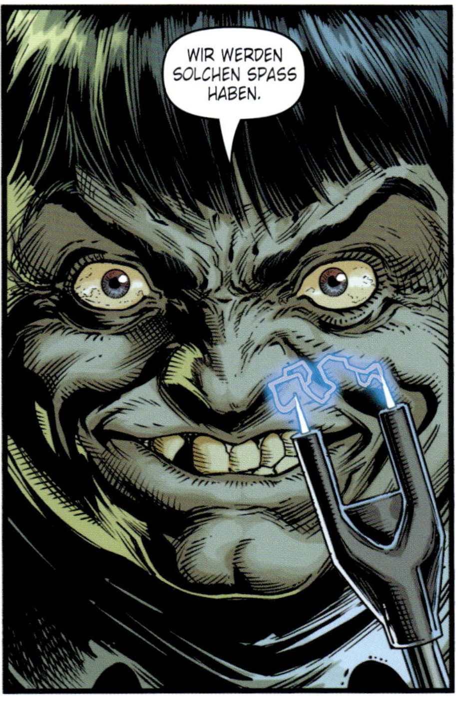
WIR WERDEN SOLCHEN SPASS HABEN.

UND DER BEGINNT SCHON ***JETZT***!

BLAMM

TNK

OH NEIN.

EEEEEEEE!

EEEYAAAGGGF!

TJA ... GAGGYS SPEKTAKULÄRES COMEBACK SOLLTE WOHL NICHT SEIN ...
ER HÄTTE VIELLEICHT GEWUSST, WO DIE RESTLICHEN CHEMIKALIEN LAGERN.
DIE RESTLICHEN? DIE GANZE CLOWN-SOSSE SPÜLT GRAD DEN ABFLUSS RUNTER.
WAS AUCH IMMER DER JOKER GEPLANT HAT-- DAS IST JETZT VORBEI!

IST ES NICHT.
DIESER FISCHTANK WAR ZU KLEIN, UM DIE GESAMTMENGE DER GESTOHLENEN CHEMIKALIEN AUFZUNEHMEN.
DA HAST DU RECHT, BATMAN!

UND APROPOS FISCHE!
WARUM ANGELT DIE FLEDERMAUS NICHT MEHR MIT DEM ROTKEHLCHEN?

WEIL DER VOGEL ALLE WÜRMER FRISST!
HAHAHAHAHAHA!

ODER IST DAS ANDERSRUM, WUNDERKNABE NUMMER ZWEI?
HABEN DIE WÜRMER DICH GEFRESSEN, ALS ICH DICH INS GRAB GESTREICHELT HAB?

KRRKSHH
HAHAHAHAHAHA!

RUNTER MIT DER LÄSTIGEN MASKE!

ICH WILL WIEDER DEINE AUGEN SEHEN!
DEINE TRÄNEN! DEINE ANGST!
DAVON KRIEG ICH NIE GENUG!

BP!

SK!

ZW!

KRSHH

BLAP!
SOK!
ZOWIE!
DAS IST ER, NICHT? DAS IST DER JOKER.
BATMAN?

DAS LACHEN. DER LOOK.

DIE GRIN-SENDEN FISCHE.

DU BEANTWORTEST MEINE FRAGE NICHT. DU KENNST DEN JOKER BESSER ALS WIR ALLE.
ER HAT SEIN AUSSEHEN IMMER WIEDER VERÄNDERT, SEIN MODUS OPERANDI IST SO GERADE WIE EIN WILDBACH, ABER DAS IST **ER**, NICHT?
VERDAMMT, ICH **HATTE** IHN!

DIE CHEMIKALIEN HABEN MEINE LINSEN GETRÜBT. FÜR **EINE** SEKUNDE. SONST HÄTTE ICH IHN SELBST ZERQUETSCHT.
DAS IST **MIR** WICHTIG.
IST DAS **SO** WICHTIG, JASON?

SCHWEIN!
JASON, HÖR AUF!

BATMAN?
JIM? WIR HABEN EINEN DER JOKER GEFASST.
GUT.

ICH GLAUB, WIR HABEN GRAD **NUMMER ZWEI** VOR UNS.
SIEBZEHNTE UND **BROADWAY**.

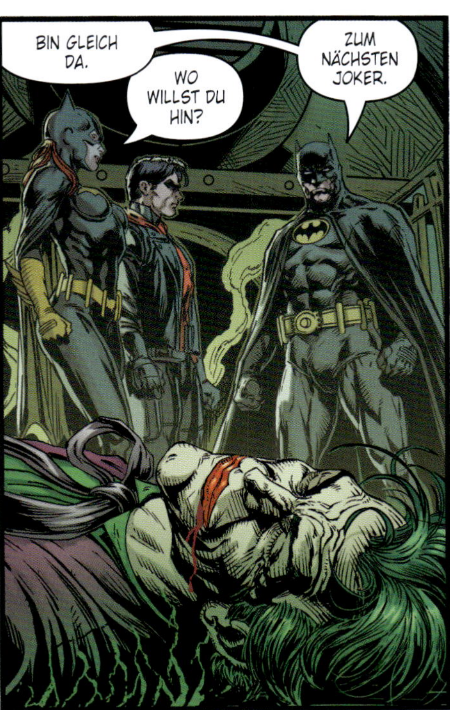
BIN GLEICH DA.
WO WILLST DU HIN?
ZUM NÄCHSTEN JOKER.

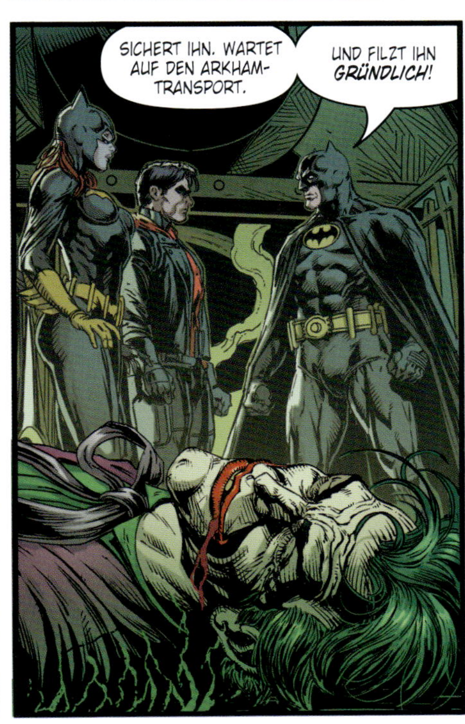
SICHERT IHN. WARTET AUF DEN ARKHAM-TRANSPORT.
UND FILZT IHN **GRÜNDLICH!**

„DER HAT IMMER EINEN TRUMPF IM ÄRMEL."

JOKER

JOKER
TANGG

ER KLINGT GENAUSO WIE LETZTES MAL, ABER ER SIEHT ETWAS **ANDERS** AUS ...
ANDERS **WIE**?
DÜNNER, GLAUB ICH. ICH WEISS NICHT. WIR WISSEN NICHT, WIE ER WIRKLICH HEISST ODER WO ER HERKOMMT ... ALSO WIE SOLLEN WIR WISSEN, OB DAS HIER DER **RICHTIGE** IST?
WAS, WENN ES **IMMER** MEHR ALS EINEN GEGEBEN HAT?
ICH MEIN, ER HATTE GAGGY SEIT **JAHREN** NICHT MEHR BENUTZT.

UND ICH WEISS NICHT MEHR, WANN ER DAS LETZTE MAL MIT LACHENDEN FISCHEN UND RASIERMESSERSCHARFEN KARTEN GESPIELT HAT.
ODER MIT **SÄUREBLÜMCHEN**!

HAHAHAHAHA!

PASS AUF!
HAHAHAHAHAHAH

DAS SIND DIE KLASSIKER, NICHT?
HUU HII HA HA

ICH BIN DER EINZIG WAHRE JOKER, UND ICH KANN'S BEWEISEN.

DURCHSUCH SEINE TASCHEN.
PASS AUF FALLEN AUF.
DIE QUELLEN ÜBER!
OH, DU BLICKST AUF DIE FALLE, BATGIRL-- MICH!

ICH BIN DIE ACHTERBAHN EURER EMOTIONEN! DAS LAUFRAD DES BÖSEN HAMSTERS! DER TEUFELSKREISLAUF, IN DEM IHR ALLE GEFANGEN SEID!
NEHMEN WIR ZUM BEISPIEL „RED HOOD" HIER.

HAST DU DICH NIE GEFRAGT, WARUM ER MEINEN ALTEN SPITZNAMEN BENUTZT? WELCHER GEISTIG GESUNDE MENSCH WÜRDE DIE IDENTITÄT SEINES MÖRDERS ANNEHMEN? STIMMT'S ODER HAB ICH RECHT?

MIT DIESEM NAMEN WERDE ICH ZUM HERRN ÜBER DAS, WAS DU MIR ANGETAN HAST.
MIT IHM WERDE ICH DEIN VERNICHTER.
OH! TAPFERES KIND! DU MACHST MIR ANGST!
AHII HII HII!

NIMM DIE WAFFE RUNTER.

ABER ER HAT RECHT.
NICHTS ÄNDERT SICH, BIS WIR DIESEN KREISLAUF DURCHBRECHEN.

BATMAN WÜRDE DAS NIE TUN.

STIMMT! DAS IST FÜR DEN TOTAL TABU!
ABER BATMAN IST NICHT HIER, MEINE LIEBE.

BITTE.
NIMM DIE WAFFE RUNTER.

BETRACHTEN WIR DIE FAKTEN. ICH HAB DEM JUNGEN DEN SCHÄDEL EINGESCHLAGEN.
ICH HAB DIESEN ROBIN GETÖTET.
UND DANN HAT MICH BATMAN FESTGENOMMEN-- SO WIE IHR JETZT! ER HAT MICH NACH ARKHAM VERFRACHTET, UND DAS WAR'S.
BIS ES DAS NICHT MEHR WAR.

DU HAST MICH NICHT GETÖTET.
DU HAST MICH STÄRKER GEMACHT.
JA. DU BIST AUS DEM GRAB GEKROCHEN, DAS ICH DIR GESCHAUFELT HAB. DU HAST WEITERGELEBT, UM WEITERZUKÄMPFEN! HURRA! DU HAST DANK DEINER STÄRKE ÜBERLEBT!
ODER VIELLEICHT ... VIELLEICHT HAB ICH DICH ZU EINER BLUTIGEN PAMPE ZERSCHLAGEN ... UND BIS AN DIE GRENZE GEFÜHRT ...

... WEIL ICH DICH AM LEBEN LASSEN WOLLTE ...

ICH MEIN, ICH BRAUCHE DICH LEBENDIG, UM DIR WEHZUTUN.
UND DAMIT ... IHM.
DENN HIER DREHT SICH ALLES NUR UM IHN. NICHT UM DICH. NIE UM DICH.

WEISST DU NOCH, WAS DU ZU MIR GESAGT HAST? ALS ICH DEINEN SCHÄDEL MIT DER BRECHSTANGE GEKNACKT HAB? ALS DEIN BLUT IN DEINE AUGEN LIEF UND DEIN KOPF AUFPLATZTE?
DENN ICH HALTE DIESE WORTE IN EHREN.
IN ALLERHÖCHSTEN EHREN.
SEI STILL.
NIMM DIE WAFFE RUNTER. SOFORT!
„BITTE, HÖR AUF! BITTE!"
„LASS MICH AM LEBEN, UND ICH TU ALLES, WAS DU SAGST."

„ICH BIN DEIN ROBIN."

HI! AHUU HA HA HA!
UND JETZT SIEH DICH AN, MEIN KLEINER „RED HOOD“. DU ERSCHIESST DIE LEUTE UND MACHST BATMAN DAS LEBEN SCHWER!

DU BIST MEIN ROBIN!
AHAHAHEE!

HOO HOO!

HEE!

HA HA HOO!

HEE HAHA!

HUHOO

TINGG
HEEHAHO

KLIK
HAHA

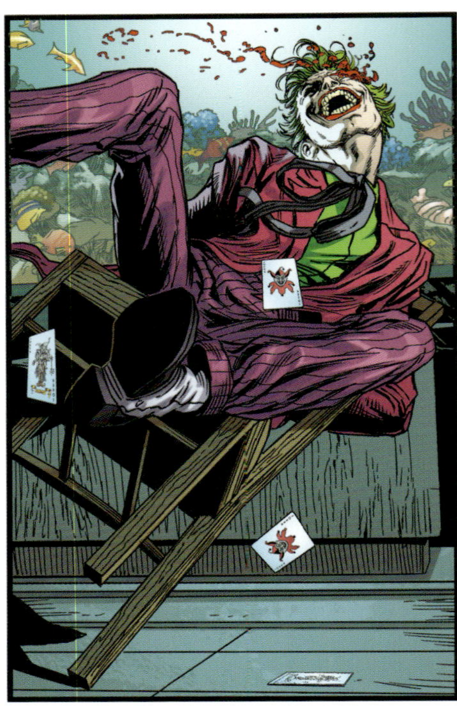

WAS HAST DU GETAN, JASON?

WAS ZUM TEUFEL HAST DU GETAN?!

ICH HAB'S BEENDET.
ERZÄHL MIR NICHT, DASS DU DAS NICHT AUCH WOLLTEST-- NACH ALLEM, WAS ER DIR ANGETAN HAT!
NEIN.
ICH WOLLTE DAS NICHT.
ECHT NICHT?

UND WANN HAST DU DAS LETZTE MAL VERFEHLT, BARBARA?

ZUM TEUFEL MIT DIR, JASON.

MANN.

ICH HOFF,
DAS WAR DER
RICHTIGE.

FABOK

AUS DER BAT-HÖHLE

von Christian Endres

Das sind die drei Comics, die man als Basis dieses ersten BATMAN: DIE DREI JOKER-Albums von **Geoff Johns** und **Jason Fabok** bezeichnen kann und die bei PANINI alle jeweils in einem Sammelband vorliegen:

KILLING JOKE

Mit BATMAN: KILLING JOKE schufen Comic-Superstar **Alan Moore** und Top-Zeichner **Brian Bolland** einen Meilenstein der **Batman**-Mythologie und des Superhelden-Comics – eine Graphic Novel, die in jeder Best-of-Liste mit dem **Dunklen Ritter** und dem **Clownprinzen des Verbrechens** auftaucht. Moore und Bolland griffen dafür auf US-DETECTIVE COMICS 168 von **Bob Kane**, **Bill Finger** und **Lew Sayre Schwartz** zurück. Doch anders als in dem Comic aus dem Jahr 1951 machten die britischen Comic-Asse ihren glücklosen Komiker nicht aus freien Stücken zu einem Mitglied der **Red Hood Gang** bzw. zu deren vermeintlichem Anführer **Red Hood**; diesen Titel samt Helm trug er nur, um Batman von den echten Ganoven abzulenken. Aus dem kurzen Kampf zwischen dem **Mitternachtsdetektiv** und dem Aushilfsgauner ging, wie eingangs schon erwähnt, möglicherweise der Joker und damit der ultimative Superschurke hervor. In BATMAN: KILLING JOKE geriet zudem Familie Gordon ins Visier des Jokers. **Commissioner Jim Gordon** wurde vom ihm entführt und von den Schergen des Jokers in einem Vergnügungspark malträtiert; seine Tochter **Barbara**, seit Jahren insgeheim als **Batgirl** eine Heldin aus Batmans engstem Kreis, wurde vom **Joker** (im Hawaiihemd) an der Tür ihres Apartments angeschossen und saß daraufhin lange Zeit gelähmt im Rollstuhl (wenngleich sie sich als Hackerin, die der **Bat-Familie** mit Infos per Funk beistand sowie die ersten **Birds of Prey** versammelte, wenig später neu erfinden sollte). In BATMAN: KILLING JOKE übertrat der Joker eine Grenze in die Finsternis. Dieses ewige Highlight veränderte unsere Sicht auf den Joker, auf seine Beziehung zu Batman und natürlich die Legende von Batgirl.

EIN TODESFALL IN DER FAMILIE

1940, ein Jahr nach Batmans Debüt, wurde **Dick Grayson** in einer Story von Bob Kane und Bill Finger zum ersten **Robin** an Batmans Seite. In den 1980ern entwickelte sich Dick immer weiter und wurde schließlich zum eigenständigen Helden **Nightwing**. Im März 1983 führten **Gerry Conway** und **Don Newton** Dicks Nachfolger **Jason Todd** ein, dessen Herkunftsgeschichte nach dem Crossover **Crisis on Infinite Earths** von Krimi-Könner **Max Allan Collins** in der BATMAN-Heftserie neu inszeniert wurde. Doch auch das half nichts: Der impulsive, störrische Jason hatte als Nachfolger von Publikumsliebling Dick bei vielen Lesern einen schweren Stand. Ende 1988, Anfang 1989 inszenierten Autor **Jim Starlin** und Zeichner **Jim Aparo** schließlich die Geschichte, die heute als BATMAN: EIN TODESFALL IN DER FAMILIE zu den großen Batman-Klassikern gehört. Nach einem Streit mit Ziehvater **Bruce Wayne** zog Jason in der berühmten Storyline auf eigene Faust los, um seine leibliche Mutter zu finden, die er jahrelang für tot gehalten hatte. So landete Jason im Mittleren Osten, wo der skrupellose Joker Geschäfte mit Terroristen machte und Robin in die Finger bekam. DC ließ die damalige Leserschaft per Telefon darüber abstimmen, ob Jason sterben oder überleben sollte. Das Ergebnis war knapp, besiegelte jedoch (für einige Zeit) das Schicksal des zweiten Robin: Im Showdown der aus so einigen Gründen denkwürdigen Story von Thanos-Schöpfer Starlin und Batman-Ikone Aparo richtete der Joker Robin mit einem Brecheisen übel zu, ehe Jason von einer Explosion getötet wurde. Bis 2005 blieb Jason tot, ehe er als neuer Red Hood sein Comeback gab.

REBIRTH

Geoff Johns lenkte das frühe 21. Jahrhundert des DC-Universums jahrelang als wichtigster und erfolgreichster Autor, Ideengeber und zeitweise Chief Creative Officer, der mit aufmerksamkeitserregenden Event-Hauptserien und anderen Titeln für Furore und Veränderungen sorgte. Das von ihm orchestrierte **Flashpoint**-Crossover von 2011, in dem **Flash** alias **Barry Allen** eine neue Realität erschuf, führte sogar zu einem Neustart des DC-Universums, inklusive einer neuen Zeitlinie, einer frischen Kontinuität und eines teils grundlegend veränderten Kanons. 2016 injizierte man diesem neuen Kanon allerdings einen gehörigen Schuss Traditionsbewusstsein. Johns persönlich schrieb dazu das einleitende DC REBIRTH SPECIAL alias DC REBIRTH: DIE WIEDERGEBURT DES DC-UNIVERSUMS, das er mit den Spitzenzeichnern **Gary Frank**, **Phil Jiménez**, **Ivan Reis** und **Ethan Van Sciver** verwirklichte. Ihre unheimlich referenzreiche Geschichte verknüpfte viele Neuerungen der aktuellen Kontinuität mit klassischen Elementen der langen Vergangenheit von DC und kündigte in vielen kleinen Szenen künftige Storylines und Entwicklungen an, darunter die lange undenkbare Zusammenführung der DC-Superhelden und der berühmten Antihelden aus WATCHMEN in der Serie DOOMSDAY CLOCK von Johns und Frank. Und eben die mit Spannung erwartete Geschichte der **drei Joker**, die Johns bereits Ende 2015 im Finale seiner passenderweise von Jason Fabok illustrierten JUSTICE LEAGUE-Storyline *Der Darkseid-Krieg* auf den Weg gebracht hatte und deren Auflösung mit diesem Album von BATMAN: DIE DREI JOKER nun begonnen hat.

GEOFF JOHNS arbeitete zunächst in den Bereichen Film und Fernsehen, wo er u. a. für Richard Donner tätig war, den Regisseur des ersten *Superman*-Kinofilms. Schließlich wechselte der 1973 in Detroit geborene Johns ins Comic-Feld, wo er rasch zum Fanliebling und Top-Autor aufstieg. Letztlich wurde er einer der wichtigsten und erfolgreichsten Superhelden-Comic-Lenker der Gegenwart, der Titel wie FLASH, GREEN LANTERN, JUSTICE LEAGUE, JUSTICE SOCIETY OF AMERICA, FLASH: REBIRTH, GREEN LANTERN: REBIRTH, AQUAMAN, TEEN TITANS, HAWKMAN, SUPERMAN: SECRET ORIGIN, BATMAN: ERDE EINS und *Avengers* verfasste. Hinzu kommen die wichtigen DC-Events INFINITE CRISIS, BLACKEST NIGHT, BRIGHTEST DAY, FLASHPOINT und FOREVER EVIL sowie das alles verändernde DC REBIRTH SPECIAL. In den letzten Jahren kümmerte sich Johns schwerpunktmäßig um die Inkarnationen von Batman, Wonder Woman, Flash und Co. in Film, Fernsehen und selbst Videogames und war als Drehbuchautor oder Produzent in viele Blockbuster und TV-Serien zwischen *Arrow* und *Justice League* involviert. Dennoch schreibt Johns nach wie vor Comics wie zuletzt eben BATMAN: DIE DREI JOKER, SHAZAM! und natürlich DOOMSDAY CLOCK mit den Superhelden aus der Welt des Dunklen Ritters und den Antihelden aus WATCHMEN.

JASON FABOK zählt zu den besten Zeichnern und den absoluten Fanlieblingen unter den gegenwärtigen Künstlern im Aufgebot von DC Comics. Der 1985 geborene Amerikaner startete seine Karriere mit Geschichten über Michael Turners *Soulfire*-Universum beim Aspen Verlag. Bei DC wurde er wenig später durch eine lange Strecke im Batman-Traditionstitel BATMAN – DETECTIVE COMICS aus der Feder von John Layman zum Spitzenzeichner. Außerdem illustrierte er BATMAN – THE DARK KNIGHT von David Finch, BATMAN/FLASH: DER BUTTON von Tom King und Joshua Williamson sowie JUSTICE LEAGUE von Geoff Johns. Darüber hinaus steuerte er Artwork zu BATMAN ETERNAL von Scott Snyder, James Tynion IV und anderen und zu SUPERMAN: MANN AUS STAHL von Brian Michael Bendis bei, während er obendrein eine mit dem Eisner Award ausgezeichnete Swamp Thing-Geschichte von Tom King und zahlreiche Comic-Cover visualisierte.